SORE OF SEVERANCE

SUMEET KUMAR

Sumeet Kumar

Sumeet Kumar , A adult who experiences many phases of life , a well known writer and a writer of new era . In reality he is a writter as well as singer (as a hobby) and a standup comedian . Very exciting and interesting fact about him is that he is author of New era i.e. he starts his journey of writing at the age when he was going to schools to get the study . His streak of 100 books will be the great achievement for him in future. His some famous works i.e. Maturity Of Love (Genre - Love),Privacy For Dream (Genre

- Middle Class), Army Squad ofLove (Genre- The Seperation of Army Love), 5 Days of Love(Genre-Temporarily Love), Th e Endearment Of Love(Genre - Historical Era Of Love), Social Destruction Indo-Pak (Genre - The Story of The Love At The Time Of Division Of India And Pakistan), Middle Class Soul (Genre - The Dreams of Middle Class), The Accursed Kanatpur (Genre -The Horrific Story Of A Village), Wrong Number (Genre -The Suspenseful Physco Killer Story), The Secrecy OfDeadly Midnight (Genre - The Suspense About a Crime),Fragile Religious Of Death (Genre- The Death Of A TrustfulPerson), Nature Vs Science (Genre - The Future Battle Between Nature And Science In A Horrific Way), Generic Man (Genre - The Dream of I.I.T), The Unconsious 12 Hours(Genre - The Illusion At Stage Of Comma), The StrangeBurden (Genre - The Burden Of Love) , Her Existence (Genre- The Female Pain In The Society) , Jockstrap Prize (Genre -The True Story Of A National Athlete) , H Man [Hindi] (Genre - Superhero Tragic Story), H Man [English] (Genre - Superhero Tragic Story) , Maturity Of Love [Englsih] (Genre - Love) and many more are available on various geners on the offcial platform of Amazon, Flipkart and Notionpress. You can buy them from there.

Contents

ACKNOWLEDGEMENTS

Special Thanks to **Aman Kumar** who worked so hard in the preparation of this book. He has continually put with my passive voice, omission of words, and late night calls. You have been wonderful. Thanks to him for his precious time in reviewing proposals , individual chapters and early drafts, along with his suggestions on the applicability of the material to the world.

I

TRY NOT TO DEFEND

Kuch raateion aishi bhi hoti hai ish jo ush savere ki subah dekh nahi paate ,ham har roj yehi cahta ki agar hamare aaj ki sururaat acchi nahi toh kal ki sururaat pakki acchi honi chaiye aur ish bharoshe mein ham apne kal ki sururaat bhi apne aaj ki tarah banane ki koshih karte hai ,ush waqt hame do baateiob bilku bhi pata nahi rehtih ,pehli ye ki hamne kiya kya hai jiske wajah seh hamare kal ki sururaat bhi hamare aaj ki tarah hee nikli hai ,aur agar aaj ki sururaat hee khrab hai toh kya kal ki pechaan bhi kuch ishi tarah seh hogi ,meri baateion sayad har kishi ko samjah mein na aaye per kuch raaj aishe bhi hote hai ish duniya mein jiski pechaan sirf raaj bankar hee reh jaati ,ham din mein kitne baare sote hai ,kitne waqt khate hai ,aur kitne waqt kishi ko yaad karte hai ,hame ye baat bilkul nahi pata per ham jo bhi karte vo soch samjah karte ahi aur ish soch samajh ke chakkar mein ham kishi bhi kam ko acche seh kar hee nahi paate ,per kya kabhi kishi ne socha hai ki aisha hota kyun hai ,aishi kaun shi aadat hai jo hame majboor kar deti hai hamare bhavishaya ke baare mein sochne ke liye ,aur ish bhavishya ko banaya kisne ,kya ish tarah ki bhi koi cheez hoti hai ,ye ateet he mankar chalte hai kya ish tarah ki bhi koi cheez hoti hai ,agar apni zindagi mein aage badhna hai toh apne bhavishay ki chinta kyun aur ateet ki parvaah bhi ,kya ish tarah seh zindagi kabhi aage badh paati hai ,aishi baat bilkul nahi hai ki ham aage nahi badh sakte ,ham agar na bhi cahe toh hamari kismat hame kishi bhi tarah seh aage badha kar hee rahegi ,aur cahe ye sahi waqt per ho ye galat waqt bash iski hee parvaah hoti hai ,hisse mein bachpan seh jo bhi khairat hame milti ham ush yaad rakhte hai ,ushe kabhi bhul nahi pate aisha kyun ? aur agar galti seh vhi khairat hame bade hone per mill jaye toh ham ushe bhulne ki kohish karte hai aur na yaad karne ki kasme bhi khate hai ,aur sayad har kishi ki mehfil mein ish burre waqt ki pechaan shammil hoti hai ,jo ye hame batati hai ki ham khud duser seh alag kyun hai ,waqt ki keemat vhi saksh jaan sakta hai jishe ye baat pata hai ki uske hisse mein usne kya khoya ,waqt per kaun shi dua ke badle dard ki wajah mili hai ushe ,kyun vo khud ke wajood ko har waqt koshta hai ,khud seh durr rehne ki koshish karta hai , har din khud seh ladne ki kohsish karta hai ,kayi bagabat bhi karta hai aur saval ki toh bariyan itni adheek ho jati hai ki vo cahh kar bhu ushe kabhi bhula nahi sakta ,kya ye haqqeqata hai ish dunioya ki ham umeed seh badhkar har waqt apne hasulse ko aage badhate hai ,aur khud ko khud seh hee durr karne ki koshsih karta hai ,kuch baateion aishi bhi hai jo mein baatne vala hun aur kahi na kahi ye sahi bhi sakti hai jitani maine saha ki zindagi mein sochne seh kishsi cheez ki talim hassil bilkul nahi hoti ,uhse karne ke liye purri zindagi bhi kam per jati hai phirbhi vo khwaab purre nahi hote ,vo har waqt kahi na khai hamare pass hee rehte hai aur hamse kayi saval bhi karte hai ,kya kabhi kishi ne socha hai ki asliyat mein hamari zindagi hai kya ? kya cahte hai hum khud seh aur dusro seh ,kaun shi wajood ki kahani hamare hisse mein aakar hamseh yehi saval karti hai ki kya hai zindagi ?kaun shi farogh ko lekar hame apni zindagi ki taraf aage badhna chaiye ,kya chaiye hame khud seh aure dusro seh yeh kishi aur seh ,kyun mahasoosh karte hai ye ham ,ek insaan ki zindagi un savalo ki bariyon mein fashi hoti hai jaha seh vo cahh kar bhi khud unse alag nahi kar sakte ,kyunki ush ateet ki barbaadi ushe kabhi jeene hee nahi deti ,waqt aajkal ki duniya sirf ek khairat hai vo bhi khushiyon ki ,gamo ki aur barbaadi ki bhi ,ki agar kishi safar mein lautne ki gujarish hai toh apni manjil chunne ki zarrorat nahi hame bash raste sahi hone chaiye aur agar raste sahi hot toh manjil ki parwaah kaun karta hai , ish duniya ki jish tarah eeh banabat hui ,ye jitne kano seh iski banabat hui hai vo aajkal kuch nahi sirf ek khwaab hai ,khair sapne aajkal ek aishi khairat bann chuke hai jo jiski talim na toh sadhrana hoti hai aur na hee sabse alag yeh behtar ,kyunki iski pechaan hee sirf yehi ki ham agar apni zindagi mein mehnta karne ki koshish karte hai toh ye hamare hisse mein aayegi varna hamse ushi waqt durr ho jayegi ,ye bilku zarrori nahi hai ki ham jiske baare mein sochte hai vo bhi hamare baare mein utna hgee soche kyunki en sab ke sochne ke liye vo puarvala baitha .

agar kishi ki ziindagi ek khairat mein mili ho na toh vo jeene ki fidrat kar sakta hai ,per agar kishi ki zindagi hee purri khairat hai ,matlab uske lamhe ,uski khushyian aur bhi kayi sarri cheeze toh ush waqt raste sirf ek hee hote hai ki ye toh jeene ki koshish karo ye toh marne ki ,per log vhi chunte jo vo pehle seh sochte hai ,kyunki jaba kasar log kishi khel mein eh zindagi ke khel mein harr jate hai toh vo khud ko marne ki koshish karte hai kyunki unhe vo cheez sukoon eti hai aur kaffi zyada aashan bhi lagti hai ,per kabhi kishi ne ye socha ki vo marne ki jagah jeene ki koshish kyun nahi karte ,kyuki jish din ush saksh ne ye soch liay ki aab mein apne sapne cahh kar bhi purre nahi kar sakta toh vo ushi waqt apni zindagi aur kismat dono ko harr chuka tha ,aab iske aage kaun shi zindagi hai jishe vo smabhal kar rakhege aur kaun shi khushyian hai jo uske hisse mein dubara aaygei .

aaj ek aishi jung ki sururaat karne ja raha hun jo sayad khud seh kishi aur seh nahi kyunki jish kahani ki sururaat maine ki ushe aant bhi mein hee kar sakta hun ,jab log apne sehar ko chhodkar kahi aur aate hai ,matab kishi aur sehar mein aate hai toh ush waqt unke pass jo umeed rehti hai aage badhe ki vo bhi sururaat mein bilkul ush chand ki tarah hoti hai jishe ham dekh toh sakte hai per kabhi chunne ki koshsih nahi kar sakte kyunki ijjjat hee nahi hame unse mulaqat karne ki ,aur kare bhi toh kaishe kare uski uchai hee itni hai ki ham apne farsh seh uski taqdeer ko tham hee nahi skate ishliye usse durr rehne ki koshsih karte hai .

ish duniya mein hamare sath jab bhi kuch accha ho ,yeh bura ham uhs uparvale ko iske liye koshte hai ,ki hai baghbaan bash apni kriypya banaye rakhna ishi tarah ,aur kayi baar kya har harr ham unhe iske chakkar mein bheth bhi dete hai ,mat;ab taufe ,yeh jishe log aastha mante hai apne hissab seh ,per kay vop aastha unhe chaiye ,kya kabhi kishi ne unse ye baateion puchi hai ki hai! prabhu ham apki saran mein aaye hai ,agar apko apne bhakto seh kuch chaiye toh aveshya kahe ,sach kahu toh mujhe ye baateiob bilkul sacchi nahi lagti ki aisha hota bhi hai ,matlab agar ho bhi kitna ajeeba lage na ki ham ek pathar seh ye puch rahe hai ki apko kuch chaiye ye nahi ,aastha dil mein hoti hai ,patharo mein toh sirf unki murat hoti hai ,aur aajkal ke manav bhi ajeeb hai aur unki duniya bhi ajeeb hai ,jinhe en sab ki sabse zyada zarrorat hai vo toh hath failyae rakhte hai ki baghbvaan ke naam per kuch dedo hame bhi ,per unki aastha kabhi purri nahi hoti ,aksar vhi logg ksihi ke samne khud ko majboor karne ki koshsih karte hai jinki mehfil daulat ke beiagar ke sunni rehti hai ,unke liye na toh pyar vali cheeze bani hai aur na hee dil todne ke mohall ,har cheez ke lo vo uparvala jimmedaar bilkul nahi hai ,log kehte hai ki maut ke liye hamari kismat aur ush uparvale ki drishti hee kaffi hai ,kyun jish din unhe krodha aaya ham ish duniya ko chhod kar chale jayege ,mein jo baateion sayad kluch alag hai aur sayad na samjah bhi aaye per jo aab kehne vala hun sayad uski har ek khairat sacchi hongi ,kyun agar soch ki talim dekhi jaayi toh ish duniya kia aadhi banabat hee ush khuda ne ki hai baki toh unke bandee ne hee ki hai ,nahi samjhe ?

manav jati ko kisne banaya ? ush uparvale ne ,kyun sab toh yehi kehte hai ,toh aadhi duniya unhone manav jati ki banabat karte hee purri kardi ,aur jo bakki aadhi duniya ushe hamne banaya ,agar kishi ki maut car durghtana mein ho jaye toh uske liye bhi ham ush uaprvale ko jimmedaar samjhate hai aur unhe mante bhi hai ,agar ush waqt ksimat seh jaan bach gayi toh ham unke sukr gujar honge aur agar galati seh hee kismat kuch khaas na rahi aur ush waqt ush saksh ki maut ho gayi toh uske liye ham ush uparavale ko hee kasoorbaar tehrate hai ,toh isme galti kiski hai ,ush duniya ki jishe ham mante hai ki ush uparvale ne banayi hai ,yeh ush duniya ki jo hamne banayi hai ,galti unki hai hee kaha ,unhone na toh kuch banaya hai aur na hee hamse kuch cheena hai ?toh ye kabr jo har waqr har din kishi ki tareeq tay ki jati akhir mein iski likhawat kisne ki hai ,kya ish saval ki qafas koi mita skata hai .

abhi bhi kuch logo ko meri baateion samajh mein nahi aa rahi hongi ,yeh sayad vo mujhe pagal bhi samajh rahe hoge ,aur kuch logo ne toh ye bhi soch liya hoga ki ye akhir mein kehna kya cahta hai ,ishe samajh seh alag karo kyunki iski soch alag hai iski har vo pechaan juthi hai ,nastikh hai ye ? sayad meri baateion juthi ho sakti hai ,mein bhi kahi na galat ho sakt hun ? per mere jo sabd hai vo kabhi galat nahi ho sakte ,agar ish srishti ki rachna ush uparvale ne ki toh hamne ushi srishti ko aur behtar banane ke chakar ushe fanna karne ki koshsih ki hai ,aur kahi na kahi iske vinash ke peeche bhi ham hee shammil hai ,agar apni aankheion seh dekhu yeha har vo cheez jo hamne banayi vo barbaad hee toh hai ,hamne pair kat kar ghar banaye ,kya vo sahi hai ? hamne nadiyo ke bahab ko bhi rauka ,kya vo sahi hai ? hamne ek samaj ko bhi janam diya jiski hame koi zarrorat nahi hai ,jati paat ,gora kala ,rang bhed ,samajh ,pyar mohabatt ,juthe rishte ,dikhave ,aur bhi aishi kayi sarri cheeze jinhe mein aaj agar likhna bhi cahu toh likh nahi payunga ,agar kishi saksh ki maut dil ke daure seh ho jati hai toh kya iske peeche uske dil ka kasoor hai ,ye ush uparvale ko ham iske liye doshi manege ,usne sirf manav jati ko banaya hai ,usne kabhi bhi havaniyat ko janm nahi diya ,har ek parivaar aaj jhagde vo bhi ksih cheez ko lekar jo unhone ne khud banayi hai ,kishi aur ne uski rachna nahi ki hai ,kya nafrat jaishi cheez ko kya ush uparvale na janm diya ,ye jish daluat ke peeche ham ahar roj bhagte hai aur iske chakar yeha tak kishi ki jaan bhi lene ko tayar ho jate hai toh kay ush uparvale ne banaya hai ,aastha thik hai ,per andh vishavaash bilkul galat hai , mein ye bhi nahi keh raha ki ish srishti mein hamare sath vo uparvala maujood nahi hai ,vo maujood hai per kaha hai ? jish parvat ko mahadev apne ghar mante hai kya kabhi ush per ek manav ke pairo ke nishan gaye hai ,kya kabhi koi manav ush parvat per aaj tak chhadh paaya hai ? kuch khairat agar sacchi bhi hai toh hamse behad durr hai ,kyuni jish yug ye jish waqt vasudev krishna ne jinhe ham bade pyar seh kanahiya bulat hai ,jinhone draupadi ki lajj vo bhi purre savah meion bachai thi aur ushe nirvastra hone seh bhi bachaya ,toh aaj toh har galliyon mein hamari behno ki ijjat aur betiyo ki ijjat sare aam nilam ho rahi hai ,phir unki raksah koi kyun nahi karta hai ? kaha hai vo vasudev krishna aur bakki jitne bhi baghwan hai .

ish srishti ki rachna kaishe hui ,ye baateion koi nahi janta ,na hee vo manav jati aur na hee unke vigyaan mein aishi koi parivasha sthir hai jo ye bata sake ki asliyat mein ish duniya ki rachna kisne ki hai ,manne seh agar har ek cheez aasdhan ho jaye toh daulat ho ,majbooriyan aur rishte tutt jate hai ,aur ye darindagi syad khatm ho jati hai ,agar ish yug ram jaishe log hai toh ravan jaishe log bhi shammil hai ,agar pandav hai toh kaurav bhi hai ,aur agar insaniyat hai toh havaniyat bhi hai ,kuch baateion jo vigyaan bhi hame samjhane ki koshish karti hai ,jaishe ki newton ke third law mein ye baateion saffi likhi hui hai , " EVERY ACTION HAS OPPOSITE REACTION " per ye vigyan bhi tab sahi savit hota hai jab inke magnitude ek jaishe ho ,matlab nahi samjhye ? agar nahi samjhe toh sayad aab smaajh jaayo ?

karma ki mehfil seh toh har saksh waqif hai ,kyunki iske vidalaya mein ham jiske sath jaishe rehna ki koshih karte hai badle mein uski parchai hee ham aant mein milti hai ,agar tumne ishi ke sath punya kiya hai toh badle mein punya ki bhaavna hee parapat hogi aur agar kishi ko taqleef pauchane ki koshsih ki hai toh badle mein taqleef ki hee riwayat naseeb hongi ,hamar ma baap rtoh hamari galtiyon ko kayi baar maqff kar sakte hai ,per karma badi beigairat cheez kyunki na toh iski pechaan bhi asliya mein inke rishtedaat seh hoti hai aur vo koi aur nahi darr aur marg hai .

bhale hee kishi ka waqt badal jaaye aur mann kare chale toh aadat bhi ,per unke punya aur paap kabhi nahi badalte ,unki soch kabhi nahi badalti ,kisne kaha ki hamari ruhh aur hamar sarrer ek hai ,agar aishi baat hai toh jab samsaan per sarrer ko jalaya jata hai toh ush waqt uski ruhh aazad kyun ho jati hai uske sath hee kyun nahi jalti ? agar do jism ek jaan hai toh phir unki ruhh maut ke waqt alag kaishe ho jati hai ,kya kabhi vigyaan ne iske baare mein soch hai ,yeh kishi tarah ke saboot ki pechaan ki hai log jishe aajkal observation aur science ke experiments mante hai vo bhi ek predication hee hai .

***"JUST CHANGE
THE
PREDICATION
OF LIFE
BECAUSE
WHEN YOU
FORGET
TO ALIVE
ITS
BECOME
YOUR
LAST
RIDE ."***

agar ish duniya mein kishi prashna ki riawayat hui hai toh toh ush javab ki sururaat bhi kahi na kahi pehle seh ho chuki hai bash waqt ki gujarish mein uski pechaan abhi adhuri hai ishliye uski har ek wajood ki kahani abhi adhuri hai , khair jish raaj seh mein aap sab ko waqif karvane ja raha hun sayad uski pechaan hee nafrat hai ,kyunki uski mohabatt toh ushi din marr chuki thi jish din ush andhere ki sururaat hui thi .

"

***NA
KISHI
RAHH
KI TALAB
MUJHE
NA KISHI
KHAWISH***

KI MURAAD
HAI
AANKHEION MEIN
NAMI
HAI MERE
AUR LAHU
MERI ARDAAS
HAI
PECHAAN
SAKO
PECHAAN
JAYO
KYUNKI
YEHI
MERI
EKLAUTI
SHAAN HAI ."

Ish ki har ek likhawat seh pehle kuch baateion hai jo aap sab ko kehne ja raha hun ,sayad vo sahi bhi ho sakti hai aur galat bhi ,per iski muraad sayad purri ho jaye ,ish duniya mein har kishi ko jeene ka haqq hai ,pyar karne ka haqq hai ,rishte todne aur sudahre ka bhi haqq hai ,agar aap kishi ki duniya mein taqleef ke pal na dikhao toh vo bhi apki duniya seh kaffi durr rahgea ,ek insaan ki pechaan bash itni shi ki jo bhi usne kamaya hai aap ushe barbaad matt karo ,ye koi bhi ush fann a karne ki ksoshi matt karo ,kyunki uski pechaan aur uski jaan don ushi duniya ko smabhalne mein lagi aur agar ush waqt ushe kishi ne biagarne ki koshish ki toh sayad vo cahh kar bhi khud ki havaniyat ko ush waqt rauk na paaye kishi ko tabah karne seh , sadhrana sabdo mein kahu toh ish duniya mein hame sirf khud ki duniya seh hee matlab rakhne ki zarrorat hai kishi aur ki nahi kyunki insaniyat waqt ke sathy bahar aati hai per havaniyat bina waqt ke hee apni mehfil sajati hai .

II

CURE WITH CURSED

Ish duniya mein kishi ki khwaab adhure hai toh kishi ki mohabatt adhuri hai ,aur iske aage bhi ish safar ko badhane ki ham koshish kare toh ye duniya hee adhuri hai ,sarrer ke bina nafas ki koi wajood hai hee nahi ushi tarah agar dusri taraf seh iski khiarat dekhi jaye toh asliyat ek hee per inki cahat alag hai ,ham har roj sirf aage badhne ki talim ko dhundne ki koshish karte hai ,per kabhi ksihi ne ye socha hai ki ham jish ateet ko banate hai ham usme kabhi lautna kyun nahi cahte ,unki yaadeion seh durr kyun bhagte hai ,aab ateet ke bhi kayi pechaan hote hai ,kihsi ki acche hote hai toh kishi ke burre bhi ,per kya sach mein inki har ek khairat sacchi hoti hai ,agar ish zindagi kishi dua ki muraad ki gayi hai toh ye lajmi hai ki baddua bhi unki har ek ahosh mein shammil hai ,agar achai ahai toh burai bhi hai ,agar kishi manjil per ek mushafir ki tarah chalne ki sururaat ki hai toh usme aishe kayi ratse aate hai jo aapko apnki manjil tak le kar bhi ja sakte aur usse kahi na kahi bahut durr bhi ,phir bhi ham unper kabhi chalna nahi chhodte ,umeed ek aishi tabhai hai jo insaan ko andar seh khokla kar deti hai ,bhale hee bahar seh uski har ek chata apke wajood ko aage badhane ki koshish kare per aante mein uski khairat maut seh kam nahi hoti ,kyunki ishe aajkal har kishi ne mahasoosh kiya cahe vo heer ranjha ho ,yeh romeo juliet jaishe mahan premi hee kyun na .

jish saksh ko har waqt kishi cheez ki taalsah rehti hai na vo skash kabhi apni neend purri nahi kar sakta ,na he vo kabhi sone ki koshish kar sakte ahi ,vo bahs khud mein hee kahi na khoya rehte hai ,kya kabhi aishe saksh seh apki mulaqat hui hai ,agar nahi hui toh mein ek aioshi manjil per aap sab ko lekar jane vala hun jiski khirata bhi veeran hai aur uski ruhh bhi .

Toh ye kahani ush KATALIYA NAGAR ki jaha logg khud ki ruhh bhi ek dusre ke liye daan kar dete thhe ,aur agar unke nagar seh yeh unke gaon ke kishi bhi saksh ko taqleef ho toh vo ushe durr karne ke liye apni har ek daulat bhi mitane ke liye tayar ho jate thhe ,aishi hee kahani thi ush kataliya nagar ki jo sayad aab purri tarah seh barbaad ho chuki hai , agar hisse mein kishi ko kuch cheez deni ho toh aap kya doge ,kapra ,roti ,makan ye abushan per kishi ne toh apni nafs hee ek aishe saksh ko daan kar di thi jiski havaniyat ne ush kataliya nagar ke har ek deewar ko khushion ki jagah gam ki kaali parchai mein kaid kar ke rakh liya ,aur un sabs ko ush waqt ek aishi ranjish di ki unki purri duniya hee ek jhatke mein tabah ho gayi ,agar kishi ki mohabatt pavitra na ho aur vo jab samaj ki un bairyon mein fashkar apni jaan gava de ,toh ush waqt galat kaun hoga ,samaj yeh unki mohabatt ? logg ye kyun bhul jaate hai ki jiske khilaf ham aaj ushe hamne he ebanaye hai kahi na kahi ateet mein toh phir ushi khairat ko ham mitane ki koshsih kyun kar rahe hai ,agar ish zindagoi mein kishi ki mohabatt galat hai toh yeh bhi toh mumkin hai unki nafrat bhi bemuraad hai ,jish saksh ki kahani mein aap sab ko batane vala hun sayad uske dard ki cahat ham seh koi nahi jehl sakta kyunki unki kahani hee kuch aishe hai ,unki purri kahani batane seh pehle mein aishe saval puchna chata hun vo bhi ush samaj jisne unke sarrer ko bhari mehfil ke smane jala diya per unki ruhh ko vo kabhi alag na kar paaye ,ye niyam kisne banaye hai ki ham agar ham ek mard hai sirf ek stree seh hee pyar kar sakte hai ,uski jagah agar ek mard seh mohabatt ho gayi toh vo samaj ki najron mein galat hai ,unki mohabatt galat hai ,ye unhone koi bada paap kiya hai ,punya hai kay aur paap kya hai ,agar ek aldke kishi alag jati vali ladki seh prem karne ki koshsih ki hai toh ushe bhi hamara theek nahi samjhata ,ish jaati paat akhir mein banaya kisne hai ,bramhan ,rajput ,chatriya ,kaun hai ye ,akhir mein sab toh insaan hee hai ,muslim ,sikh ishai ,jainism ,budhism ,ye sab kaun hai ?ya inki jaati ham seh alag hai ,kya inke dharm hamse alag hai ,ye hamara bhagvat gita mein ye baat likhi hai ye kurana mein ,kihs kitab mein ye kishi khairat mein ye dua shammil ki gai hai ki dharmo ke anusar aur jati paat ko dekhkar hee ham kishi seh mohabatt karni chaiye ?

maine ye bata phgeli bhi kahi ki ush uparvale ne sirf hame banaya hai ,ye nafrat insaniyat ,havaniyat ,jaati paat ,dharm ,adhram ye sab aur bhi kayi hai jinki khiarat mein sirf nafart ki hee jahalak dikhti hai aur kishi cheez ki nahi , ek janvar jab dusre janvar ki hatya karta hai toh uski fidrat mein ham ushe janvar kek kar hee bulate hai ,aur agar ushi jagah kishi manav ne dusre manav ki hatya kar di tph ham tab ushe insaan kyun bulate hai ,ish srishti mein agar kishi manavjati ki dvara kishi ki hatya ki gayi hai toh tab bhi insaan hee kyun kehlata hai ham ush ush waqt janvar kyun nahi bulate ?

jish prem kath mein har ek riwayat mein apne sabdo ke dwara batane vala uski har ek likhawata ush lahu seh ki gayi jismein sama ki har vo beigairat havaniyat shammil hai jishe log nyaa kehte hai .

KATALIYA NAGAR ki najdeek hai ek gao tha jishe log HUSRAT PURR ke naam seh bhi jante thhe ,vha itni khushiyan thi ek waqt ki bahar ke gaon vale bhi ushe dekh irshiya karte thhe ,ki hamare gaon mein aishi pratha kyaun hai ,hamar gaon ke logg itne khushaal kyun nahi reh sakte ,iski peeche bhi ek kahani jo sayad aab samne aane vali hai ,apne sholay dil toh dekhi hee hogi vji jismein hamare jai aur veeru thhe ,ushi tarah seh iske peeche bhi vhi do saksh hai jinki fidrat toh unse kaffi milti thi per unke naam ki pechaan , ARSH aur AKHILYA seh hai ,ye dono alag dharm seh sambhandit karte thhe ,per inme itni gehri dosti thi ki ush gaon mein koi bh skash inhe dost kehkar bulata hee nahi thhe sab yehi samjhate thhe ki ye dono jjanm seh hee bhai hai , chaliye unki dosti ki kuch yaadeion pehle dekhne ki riwayat karte hai ,ARSH jo ki e muslim parivaar seh sambhandit karta th aur vhi AKHILYA ek hindy dharm seh , ye khanai sayad 1925 ki hai jab sayad sholay film aayi bhi nahi thi ,uski baateion toh chhod hee de ush waqt tak hamare desh ko aazadi bhi nayi mili thi , kataliya nagar ek aishi nagar tha jaha ke log har waqt ek dusre ki madad karne ke liye tayar rehte thhe ,vha ke raja RAM LAKHAN PRATAP bhi husrat purr ke logge seh behad prem karte the kyunki jish husrat purr ki mein baat kar raha hun vo unke begam ke maut ke baad hee hee unki yaadeion mein banayi gayi jinse vo behad prem karte thhe ,husrat purr ke logg bhi uch kaam nahi thhe ,adhi rata ko jab raja ram lakhan pratap unhe bulate toh voh daurre chale jate hai aur unke samne prakat ho jate ,vhi per arsh aur akhilya ne janm bhi liya tha ,per unke ma baap ki mau unhe janm dete hee waqqt hee ho gayi thi ,kyunki ush waqt kataliya nagar mein bagal ke padoshi rajya ne hamla kar diya jinmien arsh aur akhilya ke pita bhi ush yadh mein shammil thhe ,matlab vo apne raja ram lakhan pratap ke sath thhe ,ush waqt jab unke unke maut ki khabar arsh aur akhilya ke ma ko sunayi gayi toh vo ish haadse ko jjhel nahi paayi aur akhir kar unhone apni jaan de di ,arsh ke pita aur akhilya ke pita dono ek dusre ke behad kareeb thhe aur unki dosti bhi itni gehri thi ki jab unki maut hui toh unke sarrer ko jalane ki jagah sath mein dafnaya gaya vo bhi ush kabr jaha aaj bhi logg unki dosti ki kahaniya sunate hai ,akhilya ke pitra ji ek hindu thhe per unhe jalane ki jagah dafnaya kyun gaya jo saval abhi aap sab ke hisse mein hai uski sururaat bahut pehle kahi logge ne ki thi , akhilya ke pita ji hamesha yehi kehte thhe

ki agar meri maut hui toh mujhe vhi dafnaya jaye jaha maine apne bachpan ki har vo yaadeion apne eklaute mitr ke sath banayi hai ,mere sarre ke jalane ke baad ye mumkin hai ki meri aatma bhi ush chingari ki baudaulat kahi na kahi mere sath chhod de ishliye mein cahta hun ki mere sarrer ko bhi ushi kabr ki khairat naseeb ho jaha mein marr kar bhi apne mitr ke kareeb reh saku ,
per sayad unke raste toh alag thhe per unki manjil ek hee thhe ,kyunki akhilya ke pita ki maut jung mein pheli hui thi ,per arsh ke pita ne jab apne pyaar mitr ke ush partiv sarrer ko dekha tho unki ruhh bhi ushi waqt unhe alvida keh chuki thi ,arsh ke pita yehi kehte thhe ki agar ham dono mein seh kishi ki bhi maut agar pehle ho gayi toh ush khuda seh meri ek hee sifarsih hai ki sajde mein ushi waqt meri bhi maut muqamaal ho jaye ,unke vaade thode alag thhe per sayad asliyat mein ek sahi mitr ki pechaan yehi hoti hai ki vo kabr mein bhi sath de aur farogh mein bhi , kuch logg is pagtal paan bhi kehne ki koshish karege toh kuch logg ishe kurbaani bhi kahege ,per asliya toh yehi hai ki unki nafs hee ush halat seh waqif hai ki vo sirf dost nahi thhe ,dost seh badhkar thhe ,kyunki jish dosti mein unhone dharm ki har ek prath ki laqeer mita di aur unke asool tak bhi ,toh unki ish veerta aur rishte ko ham sirf dosti ka naam kaishe de sakte hai .

jish tarah unke pita ateet mein kaffi acche dost thhe ushi tarah bhootkal mein arsh aur akhilya mein bhi unke pite seh bho adheek gehri dosti thi ,na akhilya kabhi arsah ke bina reh sakta tha aur na hee arsh kabhi akhilya ke bina ,en dono ki dosti itni gehri thi ki agar chhot kishi ek ko lagti toh ush dard ko mahasoosh karne ke liye dusra bhi jaan bhujkar ush chhot ko apnane ki koshish karta ,gaon ki har gaaliyon mein bash inhi ki baateion hoti ,bachpan seh lekar javani tak ye dono sath mein khel khudkar bade hue ,aur bhale hee en dono ke upar inke ma ki mamta aur baap ke saaye nahi thhe , na hee unki mohabaat shammil thi ,phir bhi ye dono apni zindagi mein behad khush thhe kyunki ye dono ek dusre ke liye kaffi thhe ,aur aishi baat bhi nahi ki inhe todne ki koshish nahi ki gayi ,kayi baar ki gayi per inki dosti itni gehri thi ki kishi ki nafrat inhe kabhi todd hee nahi paayi ,gaon ke logg bhi en dono seh behad pyar karte thhe ,koi bhi subh kaam kyun na ho raja ram pratap seh pehle inhe yaad kiya jaata tha ,aur raja ram pratap yehi cahte thhe ki ye dono kabhi alag na ho ,kyunki jish tarah inke pita mitr thhe aur jish tarah ki bahudari unhone padosi rajya ke khilaf jung mein dikhayi thi aur unhe fateh bhi dilai thi ushi tarah raja ram pratap bhi yehi cahte thhe ki arsh aur akhilya bhi kataliya nagar ki raksha kare aur apne pita ke hee tarah ek mahan sainik bane , ishi ko lekar jab raja ram pratap ne unhe apne dwar mein bulaya tabhi ush waqt akhiliya ki mulaqat RAJKUMARI KAVERI seh hui ,kaveri jo ki raja ram pratap ki eklauti purti bhi thi aur unki shaan aur jaan bhi ,vo yeh kabhi nahi cahte thhe ki unki eklauti beti ko kabhi koi taqlfee ho ishliye unhone apne rajya ke sau sainiko ko unki seva ke liye unke dwar per hee nirdharit kar diya ,aur ye kathor adesh bhi diya tha ki gara unmein seh kishi ne bhi rajkumari ki baat nahi mani toh ush ushi waqt maut ki saja bhi di jayegi .

jab pehli baar akhliya ki mulaqat rajkumari kaveri seh hui toh ush waqt arsh bhi vhi per tha ,per jinki mohabaat pehle seh unki kismat mein tayr kar di gayi uski laqeere toh ush waat cahh kar bhi mitayi nahi ja sakti ,ek taraf raja ram lakhan ke vo kathor asool thhe jo unki mohbaatt ko sayad kabhi nahi apnate ,per ush waqt vo don ish baat seh behad anjaan thhe ,jish skash ko pehli mulaqat mein hee kishi seh mohbaatt ho jatye toh vo ushe marte dam tak kabhi nahi bhulta ,aur sayad ush waqt rajkumari ke dil mein aur akhilya ke dil mein bhi ek jaishi hee halchal hui thi ,ush waqt unki mulaqat bhale hee kuch waqt ke liye hui thi per sayad mohabatt purri umar ki saugat de gayi thi , per arsh ko ish kahtre ko koi bhanak nahi thi ki akhilya ek aishe jaal mein fash chuka jaha per uski maurt pakki hai ,agar ush raja ram lakhan pratap ko ye baat pata chalti toh sayad vo ushe marne ki bhi koshish seh durr nahi rehte ,jab arsh aur akhilya ke samne raja ram lakhan pratap ne unse ye kaha ki tumhe kya ye adesh manjoor hai ki tum dono apne pita ki tarah hee ek sainik bann kar apne rajya ki suraksha karo tab ush waqt unke dono ke sabd ek hee thhe aur vo ek nayi fanna ko bhi janm dene vale thhe ,jab arsh seh ye baate puchhi gayi toh ush waqt arsh ne raja ram lakhan pratap ke samne vhi baateion jo sayad ushe kehni bhi chaiye ,kyunki jish tarah un dono pita ne apne rajya ke liye jaan di thi ,vo ye bilkul nahi cahte thhe ki ush ateet ko phir seh dohraya jaye ,aur na hee vo kishi ki gulami karna cahte thhe kyunki unki duniya hee alag thi ,aur jab akhilya seh ye baat puchi gayi toh usne bhi vhi kaha ,ki jo bhi mere mitr ne apke samne kaha hai meri khawish bhi vhi hai ,ye sab vo vha seh ja hee rahe thhe ki raja ne apne unhe bandhi banane ke liye bakki sainiko seh kaha ,kyunki ush waqt jo baateion un dono ne kahi thi vo bhi raja ram lakhan pratap ke samne ush waqt ush bazm mein kayi logg shammil thhe jinhe ye lag raha tha ki arsh aur akhilya ne unki baateion na maan kar unki abhelna ki hai ,apne raja ke aagya ko thukraya hai , kehte hai jiski buddhi balbaan hoti hai uske pass bal ho na yeh na ho vo phir bhi kishi jung mein fateh pa sakte hai ,per jiski buddhi hee ghuntne tale dabi hai aur vo sirf baateion ka prayog kare toh uski harr toh pehle seh nischit ho jati hai.

"NA WAQT
KI PARVAAH
HAME
NA KHAWISHON
KI CAHAT
HAI
AUR
ITTEFAAQ
SEH
MAQAAM
TOH KAYI
MILE
MUJHE USKI
MOHABATT
MEIN
PER
AAB
UNKI
CAHAT
HEE
MERE MARNE
KI
RIWAYAT
HAI .
TIFL
KI MUSKAAN
MEIN RAAJ
BHI MASHOOR
HAI
FATEH TOH
MILL
CHUKI

PER SAMNE
USH
RANJISH
KI
DEEWAR HAI ."

III

AFFECTION BECOME DEFECTION

Kuch baateion kishi ke samne na hee ho toh theek hai ,ish duniya har koi aani cahat aur apne rehnhe ki tarreqo ko badalna cahta hai ,cahe vo aam insaan ho ye unse upar jo log ,jinke pass satta ki beshumaar taqat hai vo bhi apni fidrta ko badalana cahte hai aur ishliye badalana cahte hai kyunki unhe ye lagta hai ki abhi vo behtar nahi hai ,aur unke neeche vale log bhi yehi sochte hai ,per en dono mein jatiyo mien ek chhoti shi furqata hai ,ye ushe aantar bhi keh sakte hai ,jo ki pehli ye hai ki kuch log mehnat seh ush maqam ko paana cahte hai toh kuch log lahu bahakar ,ye dhokebaazi ka sahar lekar ,ushi tarah raja ram pratap ki soch bhi kuch aishi hee thi ,vo unke dono ke guno ko bhali bhati jante thhe aur samjhate bhi thhe ,vo bhale hee ek mahan sainik nahi thhe gaon vali ki najron mein kyunki unhone apni veerta kabhi dikhayi he nahi ,aur ek mahan yodha vhi hota hai jo apne guno ko tabhi savit kare jab uski aavyasakta ho ,arsh aur akhil apne pita ki hee tarah bahadur aur buddhimaan thhe per vo ye kabhi nahi cahte thhe k vo kishi bandhan mein bandh kar rahe ,kyunki jab unke pite ki maut hui thi aur jaisha bachpan un dono ne dekha thhe ,sayad unki yaadeion unhe har waqt ush dehlij ko parr karne se inkaar kar rahi thi ,ye sayad kuch aishi bhi baateion jo sayad abhi hisse mein adhuri hai ,per ek aash hai ki ush raheshya ham sab ki mulaqat jald hee ho ,jish din arsh aur akhilya ne rraja ram lakhna pratap ke aadesha ko thukraya toh ush waqt sabha mein jitne bi logg baithe thhe unhone ye aadesh diya ki en dono abhi bandhi bana liya jaye aur hamari kal kothri mein band bhi kar diya jaye ,per ush waqt unke raja ne ye aadesh bilku nahi diya tha ,aur isse pehle vo kuch bolte ,usse pehle hee unbke saininko ne un dono per hamla kar diya ,per maien pehle bhi ye baateiob kahi thi ki vo bhale hee apni shaktiyan kishi aur samne dikhate nahi thhe per pehli baar unhone apni shaktiyo ka istamaal ki jo unhone bachpan seh sikha tha ,aur vha jitne bhi sainik maujood thhe un sab ko apni bahaduri seh prasht kiya ,en sab ke baad raja ke maan mein unke liye aur bhi ijjat badh gayi ye sab dekh aur sayad kishi aur mann mein ush waqt mohabatt ki ek aishi talab uth chuki vo bhi akhilya ke liye jo ek faana bann sakti thi aage chalkar ,jab ye ghatna hui uske baad raja apne sainiko ko ye aadesh diya kiya ,maur bola ki sab peeche hat jayo ,aur en sab ke baad raja ram pratap ne un dono ko apne sene seh laga liya ,per syaad ush waqt jo bahadauri un dono ne dikhayi vo unke liye ek fanna bhi savit ho sakti thi ,aur kyun ? vo toh aage he pata chalegi ,raja pratap ne ush waqt un dono ko seene seh lagaya toh tha per uske peeche raja ram lakhan pratap ki kaun shi ranjish shammil thhi syaad ush waqt arsh aur akhilya isse waqif bilkul nahi thhe ,en sab ke raja ne unse sirf do bateion kahi ki tumhe agar kishi cheez ki bhi zarrorat ho toh tum hamare darbaar mein kabhi bhi aa sakte ho aur ushe maang sakte ho ,aur tum ish rajya mein jo bhi cahe vo kar sakte ho ,jishe bhi cahe ush marr sakte ho uske jeevan ki seema cheen sakte ho ,pehli khairat toh theek per ye jo dusri khairat jo unhe mili thi vo bhi unki bahaduri ke hisse mein sayad vo kuch ajeeb thi ,bhala vo kishi ki jaan aur kishi ke ghar ko barbaad kyun karge ,matlab ye kaishi kahirat mil hai unhe hisse mein jsiki har ek shidaat kishi fanna seh judi hai .

en sab ke baad vo dono vha seh chale gaye ,akhilya toh unki baateion sun kar behad khush tha per arsh ki fidra ushe har waqt ye mahasoosh karva rahi thi ki ye koi aishi ranjish jo sayad hame taqleef de sakti hai ,ishliye ush waqt usne akhilya seh pehle hee yee baat keh di ,ki mere mitr raja ne jo bhi baateion hamse kahi ush per bharosha bilkul matt karna sayad ye uski ek aishi chal hai jo hamari khushyion ko cheen sakti hai ,ye sab sunne ke baad bhi akhilya aab bhi rajakumar kaveri ke khayalo mein khoya hua tha ,kyunki jsih naayab cheez ko usne ban kamre ke chaar deewaro mein dekhne ki koshish ki thi vo syaad uske jehan seh itni jaldi nahi jaane vali thi aur ye baateion tab purri tarah haaqqeqat mein badal gayi ,ja vo pehli baar rajkumari kaveri seh muqabil hua ,per ush din arsha suek sath nahi tha ,aur na hee ushe ye baateino pata thi ki akhilya ek aishi jaal mein fash chuka hai jo ushe maut ke kareeb lekar ja rahi hai ,pehli mulaqaat tak toh sab theek tha ,aur iske baad bhi raakumari kaveri aur akhilya ek dusre kayi baar mile ,per vo ish khatre seh behad anjaan thhe ki raja ram lakhan pratap ko iski bhanak lagg chuki hai .

arsh aur akhliya bhale hee ek jaishe thhe per unke vichar ish baar behad alag thhe ,arsh ko na toh akhilya ne ye baateion kabhi kahi thi vo rajkumari kaveri seh payar karta hai ,aur sayad aage bhi vo ish raheshya seh behad durr rehta agar ushe raja ram pratap ke mantri ne ye baateion na batayi hoti toh ,per akhilya ne usse ye baateion chupai kyun thi vo cahta toh ushe ye baateion bata sakta tha ,kyunki ye pehli baar hua tha ki akhilya ne arsh kuch chupaya tha , aur vo ish baat seh bhi hairaan tha ki akhilya ne agar mujseh ye baateion chupai hai ki vo rajkumari kaveri seh pyar karta hai toh kay iske peeche bhi kishi ki ranjish ho skati hai ye nahi ? kyuni bachpan seh vo ek dusre ke sath ,sath mein bade hua ,sath mein khele ,har ush mushibat ka samna kiya un dono ne ,jab ek ko chhot lagti toh dusra bhi ushe mahasoosh karta ,phir ye pyar vaali baateio akhilya ne arsh seh kyun chupane ki koshish ki ,jab kataliya nagar ke mantri ne ye baateion arsh seh akhi toh ush waqt usne ekaur baat kahi thi jo sayad arsh ko pehle seh pata thi ,en sab ke baad vo ye bilkul nahi cahta tha ki akhilya aab kataliya nagar mein rahe ,ishliye usne akhliya seh ye baat kahi ki hame kataliya nagar ko chhod kar jana hee parege ,per ush waqt akhliya ko ye baat bilkul pata nahi thi ki jsih raaj ko apne pyaare mitr aur chupane ki koshish kar raha hai vo bhi kishi aur ke kehne , vo ye baateion pehle seh hee janta hai ,jab arsh ne usse ye kaha ki aab hama kataliya nagar mein nahi reh sakte tab ush waqt akhilya ne usse kayi savla kiye per ush waqt arsh ne akhilya seh yehi baat kahi ki bagal ke sehar mein hee abu ke jaan pechaan ke kuch logg hai aur unke ghar mein nigah hai ishliye un dono ne hame bulaya hai , ushi waqt akhliya ko ye baat ki bhanak lag gayi ki arsh usse koi raheshya chupane ki koshish kar raha hai .

per ush waqt vo janta tha ki agar maine koi saval kiya toh toh arsh mujhe purri sacahi kabhi nahi batayega , ishliye vo thodi hee der mein chalne ke liye tayar ho gaya ,per josh fanna ki nafrat adhuri thi unke hisse mein vo sayad aab purri hone vali thi ,jaishe heevo dono dusre sehar jaane ke nikla hee rahe thhe ki unki chaukath per hee kataliya nagar ke sainik maujood thhe ,aur ush waqt arsha aur akhilya ko bhi ish baat ki bhanak lag gayi thi ki vo unek chaukath per kyun aaye hai ,arsh ye baateion janta tha ki vo akhilya ko hee lene aaye hai ishliye usne akhilya seh ye kaha ki mitr tum peeche ke darbaaze seh jayo aur mein aage ke , per akhilya ne ush waqt uske ish adesh ko maane seh mana kar diya ,iske baad kayi der tak arsh ne ushe samjhane ki koshsih ki per vo bhi nahi maana ,tab akhir mein ushe ye asliya batani hee pari ki mein janat hun rajkaumar aur tum ek dusre seh behad pyar karte ho ,aur chinta mtt karo rajkumari kaveri SAHIDYA NAGAR ki seema per tumhara intezaar kar rahi hai ,mein jab tak inhe dekhta hun ,phir tumhare peeche ataa hun ,aur usne phir ye aadesh diya ki aab der na karo mitr jald hee niklo ,mein inhe ab tak sambhalne ki koshsih karta hun , ush waqt bhi akhilya ne uski baaateion nahi maani kyunki vo apne mitr ko toh chhod sakta tha per ush mitr ko kaishe chho deta jo uska purra parivaar tha ,en sab ke baad arsha ko ye baat pata thi ki agar hamne thodi bhi deri ki toh kataliya nagar ke sainik ham per hamla kar dege ,ishliye usne vo baateion kahi jo ushe nahi kaheni chaiye thi ,aur un baateion ki qafas jaishe hee akhilya ke kaano mein suni toh vo ush waqt khud ko cahh kar bhi jaane seh na rauk paaya ?

ush waqt uske sarrer ki har ek khawish usse durr ho chuki thi jab vo arsha ko chhod kar ja raha tha ,per uski ruhh ush waqt vhi per uske sath maujood thi ,jaish hee akhilya ne ush chaukath ko alvida kaha ,arsh ne ush dard ko apne hisse khushi de di jo sayad vapas kabhi nahi lautne vali thhe ,vha ke sainki ne jab unki chaukath langhi toh arsh ne un sab ko rauka liye per jish ranjish ki usne kabhi khawish nahi ki thi jab uski khairat uske samne aayi toh vo tutt chuka ,kyunk arsh aur akhiliya bhale hee sarrer seh alag thhe per ruhh se bilkul ek jaiseh thhe ,en sab ke baad vha ke saininko aur raja ram pratap ne ushe bandhi bana liya ,aur ek aishi qafas hisse mein di jiski aahat bhi insaniyat ki har ek seema ush waqt todd chuki thi ,per akhilya ko ye bilkul pata nahi thi aur gaar lautne ki ush waqt koshsih bhi karta toh syaad laut na paata kyunki ushe bhi kishi qafas mein kaid ho chuka tha ,per aishi kaun shi qafas jo ek hisse mein kishi ko mehfooz rakh rahi toh dusre mein ksihi ko har din ush dard ki sifarish de rahi jishe vo jhel nahi pa raha tha ,raja ram pratap ne akhilya ko dhunde ke liye apni sena ko pehle seh duser rajya mein tainat kar diya tha ,per ush waqt na tho arsh ne akhilya ki koi khabar di aur na hee uske dard mein uski jahal sunai de rahi thi ,aur dusri taraf akhilya bhi majboor tha jo arsh ke itne kareeb hokar bhi vo ushe kabhi ush qafas seh akbhi azad nahi kar sakta tha ,per aishi kaun shi kahirat thi jo un dono ko ek dusre seh durr rehne per majboor kar rahi thi ,aur arsh khud ko itbna majboor kyun kar raha tha ush qafas kyunki vo itna toh bahadur tha ki vo khud ko ush qafas seh azad kar sakta tha per usne aisha kyun nah kiya ,kyun majboor tha vo ush waqt ush dard ki har ek riwayat ko jhelne ke liye ?

iske kuch hee din baad ye khabar purre kataliya nagar mein failayi gayi ki raja ram pratap ne ye adesh diya hai ki arsh ko purre kataliya nagar ke logge ke samene aag ki lapto uske har ek aang ke tukde kar ke jalaya jaye , kyunki yehi ek aishi akhiri khairat thi jiski wajah seh sayad akhilya raja ram lakhan pratap ki najron ke samne aa sakta tha ,per ye baateion mein sach mein haqqeqat thi ye baat bhi ush waqt kishi ko sahi tarreqe seh maloom bilku nahi thi ,per jab ye khabar akhilya ko mili toh vo ek aishe krodh ke qafas mein tap raha tha jiski aandhi sayad kataliya nagar ko barbaad bhi kar sakti thi ,jaishe hee ye khabar aur ye haqqeqat akhilya ko pata chali ,ushi waqt usne kataliya nagar per hamla ka diya ,aur apne mitr ko dhundne ke liye usne raaj kumari kaveri ko bandhi bana liya vo bhi ek khath ke sahare , vo kehte hai na kuch raste seedhe dikhte toh hai per kabhi seedhe hote nahi ,per itn ashani seh ye sarri cheeze kaishe ho gayi ?

en sab ke baad jaishe he ey abatein raja ram pratap ko pata chali ,usne ush waqt ye soch liya tha ki agar rajkumari kaveri ko ek chhoti shi kharoch bhi aayi toh vo arsh ki hatya kar dega ,aur ishi nafrat ki cahat mein akhilya ne bhi ye soch liya tha ki agar uske mitr ko aab ek chhoti shi bhi kharoch aayi tho vo rajkaumari ki hatya kar dega ,aab ek aishi sururaat ho chuki ki jinke pass hatyaar thhe vo bhi majboor thhe aur jinke paas hatayar nahi thhe vo bhi majboor thhe ,kyunki akhliya ke raja ram lakhan paratap ki kamjoori thi aur raja ram pratapa ke pass akhilya ki ,aab dono ek hee seema per thhe aur sayad unke badle ki aag bhi ek seema per taynat thi ,per isse pehle ye jung aur aage badhti bgala ke rajya ke ushi waqt kataliya nagar per hamla kar diya tha ,matlab jish falaki ki cahat kuch waqt ke do tarfa ho chuki thi aab uski fidrat hee ek hisse mein faana ki riwayat bann chuki thi ,per ek saval ki qafas aur hai ki agar rajkumari kaveri ko vo unhi ke mahal seh bandhi bana skata tha toh ush waqt usen arsh ko ush qafas seh maujood kyun nahi kiya ,akhir arsh ki kish hisse mein maujood hai jo samne hokar bhi ush usse aazad karne seh inkaar kar rahi hai ., aur aab en sab ke baad kaun shi faana kataliya nagar per aane vali hai ,aur kya akhilya kabhi apne mitr ko raja ram pratap ki qafas seh azad karva payega ? aur rajkumari kaveri kya sach mein akhilya seh pyar karti thi ki isek peeche bhi koi ranjish shammil thi , aur akhilya ko ye baat pata thi toh vo arsh ko bachane kyun nahi aaya ,aur arsh ne usse aishei kaun shi baateion keh di ki vo bina kuch kahe hee vha seh chala gaya ,aur akhir arsh ne akhliya seh ye kyun kaha ki rajkumari uska inteezaar kar rahi hai ? kyunki vo toh vha thi hee nahi aur na hee uska intezar kar rahi thi ? aur arsh agar khud ko ush qafas seh azad kar sakta tha toh vo tak bvandhi kyun hai ,aur uske wajood ki har ek riwayat pinhaan kyun hai ? aur jish sval ki cahat har kishi ko pareshaan kar rahi hai vo ye hai ki kya akhilya aab apne mitr ki raksha kar payega ? kya vo ush ush qafas seh rihae karne mein kamayaa ho payega ye dono apne pita ki hee tarah hee sath mein ush kabr ki riwayat mein mashoor ho jayege jiski sifarish ush khuda ke chaukath seh hoti hai .

"

VO KEHTE
HAI NAFRAT
KI SURURAAT
BHALE
HEE
EK TARFA
HO
PER USKI
FANNA
DONO HISSE
MEIN EK
JAISHI
HEE MILTI
HAI .

KI MERE
TIFL
KI
HAR EK
PECHAAN
UN
YAADEION
MASHOOR
HAI
JISHE
LOGG
AAJKAL
RISHTE
KE BADLE
DOSTI
KA

NAAM DETE HAI ."

kuch kahaniya aishi bhi hoti hai jsiki na toh sururaat tay hai aur na hee aant phir bhi vo yaadeion mein ish kadar mashoor ho jati jiski qafas usse seh judi har ush rahesya ko hamse ish kadar jodd jati hai jish ham cahh kar bhi khud seh durr karne ki koshish nahi kar sakte .

9 798887 171357

Printed by Libri Plureos GmbH in Hamburg,
Germany